3.99
AF847378

FFERM
TŶ-GWYN

© y lluniau a'r testun 1992 Jill Dow
© y cyhoeddiad Cymraeg 1992 Gwasg y Dref Wen
Adargraffiad 1997

Cyhoeddwyd gyntaf yn Saesneg gan Frances Lincoln Cyf
dan y teitl *Piggy Little's Hide & Seek.*
Cyhoeddwyd yn Gymraeg gan Wasg y Dref Wen,
28 Ffordd yr Eglwys, Yr Eglwys Newydd, Caerdydd.
Ffôn 01222 617860.
Argraffwyd yn Hong Kong.

Cedwir pob hawlfraint. Ni chaiff unrhyw ran o'r llyfr hwn ei hatgynhyrchu na'i storio mewn system adferadwy na'i danfon allan mewn unrhyw ffordd na thrwy unrhyw gyfrwng electronig, peirianyddol, llungopïo, recordio nac unrhyw ffordd arall, heb ganiatâd ymlaen llaw gan y cyhoeddwyr.

FFERM TŶ-GWYN

CHWILIO AM JACO

Jill Dow

DREF WEN

Roedd hwch ar Fferm Tŷ-gwyn o'r enw Sara, ac un diwrnod cafodd hi saith o foch bach.

Rhoddodd Owen, mab y fferm, enw i bob un. Dan oedd y mwyaf. Wedyn daeth Elen, Del, Sam, Poli a Ffred. Yr un olaf i gael ei eni oedd Jaco. Hwn oedd yr un lleiaf oll. Roedd Jaco yn rhy wan i sugno llaeth ei fam, felly aeth Mr Gethin, tad Owen, ag ef i'r gegin a'i fwydo â photel.

Gwnaeth Owen wely gwair iddo yn y fasged olchi, a syrthiodd Jaco i gysgu o flaen y stof.

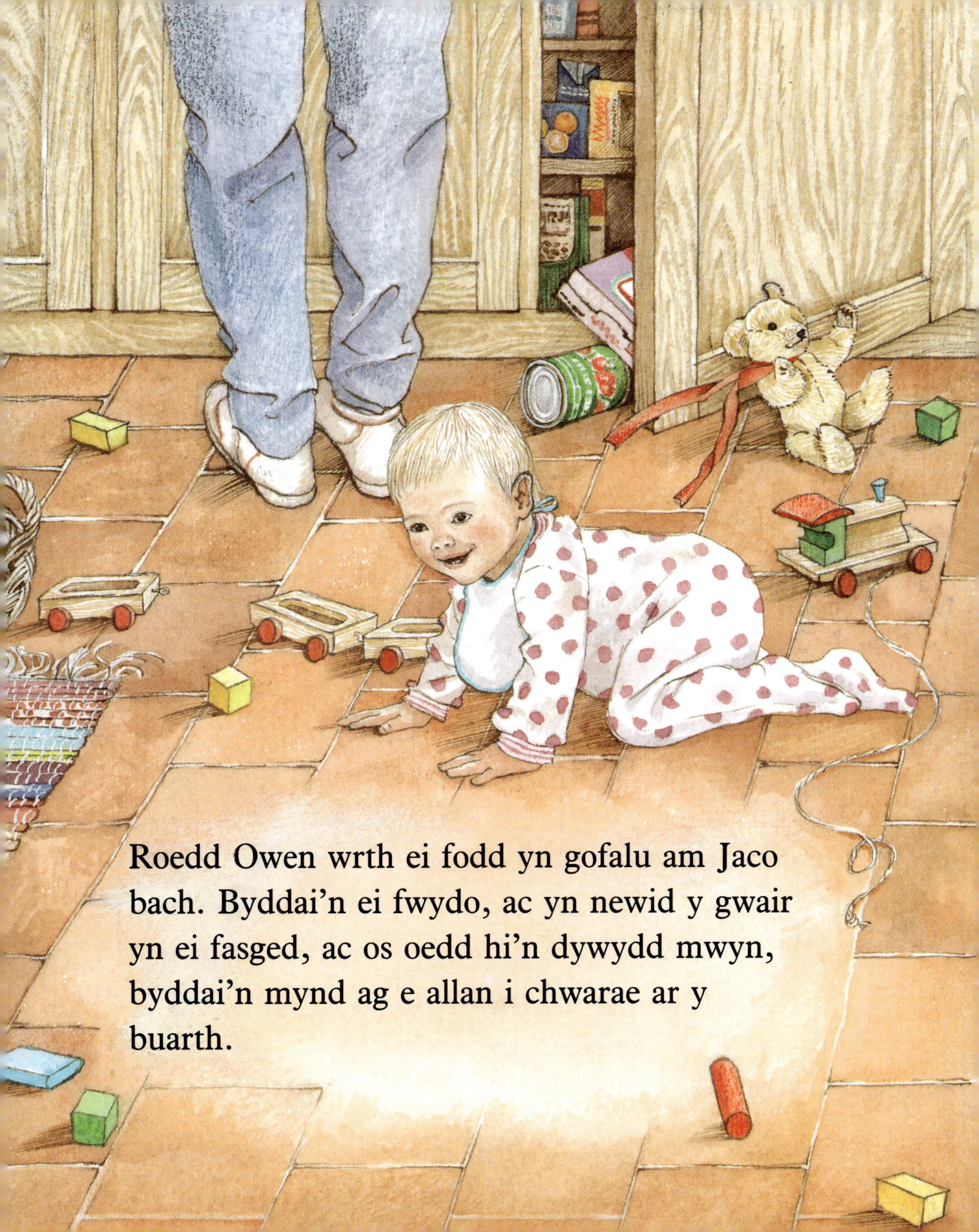

Roedd Owen wrth ei fodd yn gofalu am Jaco bach. Byddai'n ei fwydo, ac yn newid y gwair yn ei fasged, ac os oedd hi'n dywydd mwyn, byddai'n mynd ag e allan i chwarae ar y buarth.

Tyfodd Jaco yn gyflym a mynd o nerth i nerth. O fewn ychydig ddyddiau roedd bron mor fawr â'r moch bach eraill, a dywedodd Mr Gethin y dylai fynd yn ôl i'r twlc. Roedd Sara'r hwch yn falch o'i gael yn ôl.

Gyda'r hwyr aeth Owen i sicrhau bod popeth yn iawn. Dyna lle roedd Jaco, yng nghanol ei frodyr a'i chwiorydd, yn cysgu'n drwm. Doedd dim angen pryderu dim amdano.

Bob dydd, ar ôl te, byddai Owen yn mynd â llond bwced o fwyd i'r twlc. Wedyn eisteddai ar y wal i wylio'r moch bach yn bwyta. Roedd yn nabod Jaco bob amser oherwydd ei glust gam. Weithiau byddai'n crafu ei gefn â ffon, ac roedd hynny wrth fodd Jaco.

Roedd Owen yn falch i weld bod Jaco'n cael ei siâr o'r bwyd heb ddim trafferth, er mai ef oedd y lleiaf.

Un prynhawn, wrth adael y twlc, bwriodd Owen y glwyd ar agor trwy ddamwain. Fel fflach, rhuthrodd y moch bach allan, dan wichian nerth eu pennau.

"Dewch 'nôl! Dewch 'nôl!" gwaeddodd Owen. Ond erbyn iddo gau'r glwyd i gadw Sara i mewn, roedd yr holl foch bach wedi diflannu.

Rhedodd Owen trwy'r berllan, gan chwilio'n ddyfal.

Daliodd e Elen, yn llowcio'r afalau ar y llawr.

Ond welodd e mo Jaco . . .

Yna clywodd e’r ieir yn clwcian yn wyllt. Brysiodd draw i’r cwt . . . a dal Dan â’i drwyn yn y grawn.

Ond sylwodd e ddim ar Jaco . . .

Dyna ddau fochyn bach yn ôl yn y twlc. Ond ble gallai'r lleill fod? Ar hynny, dyma sŵn gwichian hapus o lyn yr hwyaid — roedd Sam a Del yn chwarae yn y llaid!

Gwaith trwm oedd dal dau fochyn bach gwlyb a llithrig, a chyn hir roedd Owen mor frwnt â hwythau. Ac unwaith eto welodd e mo Jaco . . .

Nawr dyma snwfflan a rhochian i'w clywed yn yr ardd lysiau. Gwelai Owen y geifr yn deintio'r ffa ffrengig — ond fyddai geifr byth yn cadw sŵn fel yna. Yna gwelodd e Poli yn codi tatws â'i thrwyn!

"Wedi dy ddal di!" gwaeddodd. Ond sylwodd e ddim ar Jaco . . .

Dau fochyn bach ar goll o hyd, a'r nos yn nesu'n gyflym. Gwyliai Owen y gwartheg yn dod allan o'r sied godro, a cheisiai feddwl am leoedd eraill i chwilio.

CRAITSH! Syrthiodd buddai ar ei hochr . . . a daeth Ffred i'r golwg!

Cipiodd Owen e i fyny ar frys, cyn i Mr Gethin gyrraedd. Ond welodd e mo Jaco . . .

Roedd hi'n rhy dywyll nawr i chwilio rhagor. Roedd Owen wedi cael hyd i'r moch bach i gyd — ond yr un a garai fwya. "Jaco druan!" meddyliai'n drist ar ei ffordd adre. "Allan ar ei ben ei hun yn y nos oer ddu."

Aeth Owen yn dristach fyth wrth feddwl am y tafodi a gâi gartref. Dillad brwnt, tatws wedi'u dwyn, llaeth wedi'i golli. A gwaeth na dim — Jaco ar goll.

Doedd neb yn y gegin, wrth lwc . . . Ond tybed? . . . Beth oedd y sŵn chwyrnu ’na yn dod o’r fasged olchi?

Rhedodd Owen i edrych. A dyna lle roedd Jaco, yn llaid o’i drwyn i’w gynffon, yn cysgu’n drwm yng nghanol y cynfasau glân.

Gwenodd Owen. Doedd e’n poeni dim nawr am gael ei ddwrdio. Y peth mawr oedd bod Jaco wedi dod yn ôl.

— Diwedd —